DISCOURS

DE MONSIEUR

DE LA TOUR DU PIN,

ABBÉ D'AMBOURNAY,

PRÉDICATEUR ORDINAIRE DU ROI,

PRONONCÉ

Le 8 Mai 1761 , jour de fa Réception ,

A L'ACADÉMIE ROYALE

DES SCIENCES ET BELLES LETTRES

DE NANCY.

A NANCY,

Chez la Veuve & Claude Leseure , Imprimeur ord.
du Roi.

DISCOURS.

Messieurs,

TOUS les talens appartiennent à l'Académie Royale de Nancy. Un Roi philosophe, orateur, écrivain, semble lui avoir communiqué tous les genres de génie, dont il est le modéle. Il ne faudroit que parcourir les noms inscrits dans vos fastes, pour connoître tous les caractères de l'esprit, dont votre Société est susceptible. C'est une mer féconde, qui renferme dans son sein toutes les richesses.

Votre Fondateur n'a point fixé le nombre de ceux qui peuvent afpirer à vos fuffrages, parce que le mérite eft toujours un titre pour ofer les demander, & prefque un droit pour efpérer de les obtenir. Les hommes qui s'appliquent à défendre les vérités inconteftables de la Religion, & les hommes qui s'exercent à creufer les myfteres trop ignorés encore de la nature, ne font pas étrangers à vos travaux. Vous ne balancez pas à les adopter également, parce que, fi les premiers font précieux à l'Eglife, les derniers font utiles à la fociété. Le génie qui crée les arts, & le goût qui les perfectionne, peuvent prétendre à l'avantage flateur de participer à votre réputation. Vous accueillez avec le même zèle, & le talent de la poëfie, & le talent de l'éloquence. Le géomêtre exact, le profond théologien, le critique judicieux, le curieux differtateur, l'hiftorien fidéle (*a*), l'efprit de politique & de négociation, celui, auquel le difcernement du Prince confie l'important emploi de le repréfenter dans les villes, dans les provinces (*b*); le magiftrat dépofitaire & vengeur des loix (*c*) le génie militaire, & le génie qui préfide à la paix, s'uniffent, quoique par des voies différentes, pour confacrer à l'immortalité, & vos noms & votre gloire. L'éclat de cette gloire me frappe; je la redoute prefque, à l'afpect du

---

(*a*) M. le Chevalier DE SOLIGNAC, Sécretaire perpétuel de l'Académie, Hiftoriographe de Lorraine.

(*b*) M. DE LA GALAIZIERE, Intendant de la Généralité, Directeur.

(*c*) M. THIBAUT, Procureur-Général de la Chambre, Sous-Directeur.

fanctuaire augufte dont vous daignez aujourd'hui m'ouvrir l'entrée.

Oui, je ferois tenté de penfer que pour la première fois vous avez dérogé à la loi fage qui doit vous défigner le mérite, fi je n'attribuois pas au miniftère que j'exerce, un choix qui me flatte, mais qui ne me permet pas de me faire illufion. Ce choix fera peut-être un motif d'émulation pour ceux qui confacrent leurs talens au même miniftère. Deux fois, dans un feul jour (a) proclamée par vos fuffrages, l'éloquence de la chaire recevra de vous un nouveau luftre, dans un tems où l'on fe plaint qu'elle dégénère trop fenfiblement des modéles inimitables qu'enfanta le fiécle de LOUIS-LE-GRAND.

Permettez, Meffieurs, que ces plaintes appréciées foient le fujet des réflexions que vous prépare ma reconnoiffance.

Eft-il vrai que le tombeau des Bourdaloue, des Maffillon, des Surian, foit devenu celui de cette éloquence faine, qui parloit à la raifon avec force, & qui favoit intéreffer le cœur par le fentiment ? Seroit-il permis de fe livrer à cette prévention dédaigneufe, qui ne voit plus dans les orateurs chrétiens que de *ftériles déclamateurs*, appliqués à combiner la fcience des mots, & à fe perdre dans un cahos d'idées informes ?

C'eft à vous, Meffieurs, qu'appartient le droit de juger fi ces accufations flétriffantes ont pris leur fource dans de

---

(a) M. TORNÉ, Chanoine d'Orléans, Prédicateur du Roi de Pologne, Duc de Lorraine & de Bar.

légitimes motifs. La voix de l'équité vous rappellera feulement que déja vous poffédez , dans votre Corps , des orateurs que les arbîtres de l'éloquence facrée , dans le plus beau fiécle de la France , ne rougiroient pas d'avouer pour leurs rivaux. Les talens fupérieurs , dont vous êtes, fi j'ofe m'exprimer ainfi , dépofitaires, n'ont, fans doute , pas à redouter les imputations de la cenfure.

A l'entendre cette cenfure , qu'on pourroit nommer une déclamation , l'art de l'invention , qui diflingue les grands maîtres de l'éloquence , eft aujourd'hui prefque entiérement ignoré dans l'éloquence de la chaire. Elle ne compte plus de génies créateurs. Tout prend aujourd'hui la teinture d'une imitation fervile. On n'ofe plus penfer que d'après les autres. On s'enrichit de leurs richeffes ; & fouvent on les défigure par un luxe apprêté de paroles, propres à déparer la beauté même.

Voilà les plaintes & les motifs qui les font naître. Si ces motifs font fondés , les plaintes font raifonnables.

En effet , il en eft de l'éloquence facrée comme de l'éloquence prophane. Toutes deux doivent au génie leur premier éclat , & à la faveur de cet éclat , leur cours rapide vers la perfeétion : toutes deux , renfermées dans les chaînes de l'imitation , dégénerent , s'aviliffent , tombent.

Si les orateurs immortels de la Gréce & de Rome s'étoient affujétis à ne pas franchir les limites fixées par les orateurs qui les avoient précédés , leurs noms, enfévelis dans l'oubli du tombeau , ne folliciteroient pas pour leurs ouvrages l'admiration des favans , & le

reſpeɛt de tous les ſiécles. Démoſthènes, emporté par le
feu du génie, n'auroit pas produit ces éclairs, ces foudres,
qui changerent un peuple timide en un peuple de héros.
Cicéron n'auroit pas réuni la pompe & la délicateſſe des
expreſſions, la variété & la richeſſe des tours, la marche
didaɛtique du raiſonnement & la noble hardieſſe de
l'entouſiaſme; il n'auroit pas détourné l'orage dont Rome
étoit menacée. Catilina triomphant eût peut-être écraſé
Céſar; & en perdant Céſar, eût peut-être fait perdre à
Rome l'empire du monde.

Religion chrétienne! vous n'avez pas beſoin d'emprunter
le ſecours de l'éloquénce, pour perpétuer vos viɛtoires.
Vous vous ſuffiſez à vous-même. Mais quelle réputation,
quels ſuccès pourront eſpérer vos Apôtres, lorſqu'ils
borneront leurs talens au ſoin facile de ne reproduire
que les idées employées par d'autres orateurs?

L'éloquence chrétienne doit varier ſes tableaux, & les
aſſortir aux mœurs, aux circonſtances, aux ſituations.
Nous ne ſommes pas exaɛtement ce qu'ont été nos pères;
& quoiqu'il ſoit vrai de dire que les hommes ſe reſſemblent
dans tous les tems, dans un autre tems; il faut d'autres
nuances pour les caraɛtériſer. Or, l'eſprit, qui ne ſait
qu'imiter, ne connoît point aſſez ces différences eſſentielles.
Il ne les ſaiſit pas. Ce n'eſt qu'au génie, qui ſait créer,
& réfléchir, que la religion ouvre un champ vaſte, dans
lequel, appuyé ſur des aîles fortes, ſolides, il peut
prendre un vol hardi, concevoir un projet qui étonne,
l'exécuter avec un feu qu'il communique, prouver &
perſuader, raiſonner & convaincre, maîtriſer les eſprits,
captiver les cœurs & les changer.

Si les Bourdaloue, les Maffillon n'avoient fu qu'imiter, comme on les imite, feroient-ils devenus ce qu'ils font ? Bourdaloue, fublime & convaincant, fimple & majeftueux, qui toujours fait parler à la Religion un langage digne d'elle ; qui force l'efprit rebelle jufques dans fes derniers retranchemens ; qui ne laiffe au vice confondu que le frémiffement ou le repentir : Non, cet orateur unique n'auroit pas obtenu le fceptre dans l'empire de l'éloquence chrétienne, s'il ne s'étoit pas frayé une route inconnue à ceux qui, avant lui, avoient fourni la même carrière.

Maffillon annonça que s'il entroit dans le miniftère évangélique, il ne fuivroit pas les traces des maîtres même qu'il admiroit. Et quelle éloquence plus fingulière, plus neuve que celle de Maffillon ! il n'imite que la nature. Toujours ingénieux, mais fans affectation ; quelquefois fublime, mais fans enflure ; jufte dans fes plans, heureux dans fes applications, fidèle dans fes portraits, modéré jufques dans fa véhémence ; peintre incomparable du cœur, il explique au chrétien l'Evangile pour l'inftruire ; &, pour corriger l'homme, il montre l'homme à lui-même.

Ces oracles de l'éloquence chrétienne peuvent, ils doivent même être confultés par ceux qui fe deftinent au miniftère de la parole évangélique. Mais on ne doit profiter de leurs travaux qu'avec ce difcernement délicat, auquel ils font redevables eux-mêmes de la fupériorité qu'ils ont fur ceux qui leur fervirent de guides. Ou plutôt le génie ne connoît de guide que le génie. Il eft gêné dans la route que d'autres lui ont tracée.

Fixé

Fixé dans cette route , l'efprit fervilement imitateur refferre , pour ainfi dire , l'étendue de fa capacité. Qu'eft-ce que le talent de raffembler , de lier , dans un même difcours , les idées de plufieurs auteurs ? un talent médiocre. On méconnoît la main d'un maître confommé dans l'enfemble le mieux rapproché d'un ouvrage où l'auteur n'eft jamais lui-même.

Plaçons ces hommes , incapables de créer les penfées qu'ils tentent de rendre ; plaçons-les dans une circonftance qui les force de manier des traits neufs & frappans. Suppofons que dans un difcours chrétien , ou dans un difcours profane , ils ayent à caractérifer un Roi , qui peut avoir quelques rapports avec Louis-le-Grand ; mais qui, fous mille points de vûe , n'eft femblable qu'à lui-même... Quels fecours trouveront-ils dans l'imitation pour achever fon portrait ? des images générales annonceront un prince fupérieur à fes fuccès , fupérieur à fes difgraces ; grand par fa valeur , plus grand par fa religion ; protecteur des talens , père des malheureux ; chéri , & digne de l'être... Mais l'Europe , mais l'Univers reconnoîtront-ils , à cette ébauche légère , le héros qu'on effaie de peindre ? n'exigeront-ils pas qu'on le repréfente placé fur le trône par le choix d'un peuple libre , dont il avoit gagné les cœurs par fes vertus , mérité les fuffrages par fon éloquence , vengé les droits par fes victoires ? Ils fouhaiteront de le voir ami d'un Monarque , dont la vie fut celle d'un conquérant , la mort celle d'un héros (a). Ils voudront

---

(a) Charles XII.

B

qu'on décrive ces révolutions étonnantes qui changerent tant de fois fa deftinée , fans jamais changer fon cœur. Mais à qui fera-t-il donné de fuivre cette chaîne d'évé- nemens , dans lefquels la Providence place fucceffivement ce prince ? prince toujours au-deffus des circonftances , dont la grande ame , après avoir étonné le Tartare , charmé le Mufulman , vient fe développer toute entière chez une nation , qui ceffe prefque de regretter fes anciens maîtres , à la confidération du bonheur que lui prépare le maître nouveau qu'elle acquiert. Autant il eft facile à la reconnoiffance de fentir tout le prix de ce bonheur , autant il eft difficile à l'éloquence d'en tracer l'image. Les orateurs , qui s'arrêtent au travail refferré de l'imitation , pourront s'exprimer , ainfi que s'exprime le Monarque lui-même dans fes ouvrages ; & , d'après ce guide augufte , ils feront folides , ingénieux , profonds , intéreffans. Mais leur fera-t-il auffi facile de crayonner le précis de fes bienfaits , que de rendre l'analyfe de fes écrits ? Ne faut-il pas avoir quelqu'étincelle du génie qui l'anime , pour donner , comme lui , aux rochers un mouvement inconnu , aux fleuves un nouveau cours , aux arts un nouvel être, aux fciences des maîtres & des leçons , à la religion des Apôtres & des exemples , à tous les genres de mifères tous les genres de fecours ; & répandre dans fes Etats tranquiles , floriffans , le goût , l'émulation , la vertu , la vie ?

L'efprit d'imitation doit avouer ici fon infuffifance. Pour peindre un Alexandre , il faut un Appelles.

On ne diffimulera donc pas , Meffieurs , que cet efprit,

qui ne s'occupe qu'à recueillir ce qu'ont dit , ce qu'ont
penfé les autres , annonce une ftérilité préjudiciable à
l'éloquence de la chaire , ainfi qu'elle l'eft à tous les arts ,
à toutes les fciences. Mais notre fiécle a-t-il droit de fe
plaindre de cette ftérilité ? non , non : il eft encore des
orateurs chrétiens , que la poftérité ofera mettre en paralléle
avec les hommes admirables que nous envions au fiécle des
Condé , des Turenne , des Luxembourg, des Villars...
une éloquence rapide , fleurie , profonde , auffi riche en
images qu'en raifonnemens , nous montre dans un feul
homme le génie de plufieurs grands hommes. D'autres fe
diftinguent , tantôt par l'heureux talent d'enchaîner ,
dans leurs difcours , le langage des Livres faints , d'en
faire leur propre langage : tantôt par l'art ingénieux de
réduire les préceptes en maximes, de joindre les raifonnemens aux peintures , de tourner les vérités en fentimens.

Et quand l'imitation trop fidéle feroit aujourd'hui le
vice dominant dans l'éloquence facrée ; ce vice réaliferoit-il
les appréhenfions , auxquelles on fe livre , de la voir
bientôt pancher vers fon entière décadence ? Ah ! cette
décadence, fi l'on doit la craindre , fera moins occafionnée
par les orateurs, qui , profitant des richeffes d'autrui ,
décèlent leur propre difette , que par ces orateurs ,
qu'une vaine prétention d'efprit dérobe à la pénétration
de ceux-mêmes qu'ils prétendent inftruire. Les premiers
dumoins peuvent être folides ; les feconds ne font que
fuperficiels. Ceux-là fe font un devoir d'éclairer : ceux-ci
ne favent qu'éblouir. On ne peut reprocher aux uns que
de ne pas montrer de génie : on pourroit faire aux autres

un crime d'abufer du génie même dont ils font une inutile oftentation.

Quel abus, en effet, d'introduire dans le genre d'éloquence le plus propre au dévelopement des grandes idées, ce rafinement de penfées énygmatiques, que le goût épuré pardonne à peine dans ces futiles ouvrages, deftinés à l'amufement de l'oifiveté ! Quel abus d'employer à défendre la vérité ces ornemens puériles, dont une plume légère fe plaît à charger d'ingénieufes fictions ! Les charmes du langage, la variété des figures ne font pas des beautés étrangères à l'éloquence facrée. Semblable à la peinture, elle permet d'animer les tableaux, d'en diftribuer fagement & le jour & les ombres. Mais ces touches brillantes, dont une habile main dirige l'ufage avec intelligence, les prodiguer fans difcernement, c'eft |manquer d'efprit lors même qu'on s'étudie à paroître en avoir. Et que fervent à l'inftruction des peuples, à la réforme des mœurs, à l'extirpation du vice, à l'affermiffement de la vertu, que fervent ces tours laborieufement recherchés, ces expreffions févérement compaffées, ces fineffes fubtiles, qu'invente la feule vanité de plaire ; ces phrafes peu lumineufes, mais illufoires, qui dans un enchaînement de mots, étonnés de fe voir réunis, femblent renfermer des penfées, lorfqu'elles n'offrent que des lueurs ? ftériles fruits d'une application pénible, qui épuife avec effort toutes fes reffources, pour s'affûrer l'enthoufiafme de la furprife, & qui ne laiffe à la maturité de la réflexion que des effais d'idées, des images obfcures, des ténèbres embellies, un fens impénétrable, des paroles, un vuide, rien !

L'adopteriez-vous, Meſſieurs, cette ſorte d'éloquence, qui, à force de vouloir tout aſſujétir aux règles combinées de l'eſprit, n'en faiſit ſouvent que l'ombre ; l'adopteriez-vous dans ces diſcours, juſtement applaudis, par leſquels vous payez à STANISLAS le tribut de votre admiration & de votre reconnoiſſance ? Non, le temple des Muſes, où vous veillez à la gloire des Lettres, ne fut jamais ouvert à ces voix funeſtes, trop capables, hélas ! d'amener le dépériſſement du goût & de l'éloquence.

Ce faux éclat d'une pierre, qui peut imiter le diamant, mais qui n'en a pas la valeur ; ce faſte apparent d'une trompeuſe opulence, qui cache la miſère ; cette éloquence de figures, & non de penſées ; d'expreſſions, & non de ſentimens ; cette éloquence qui cherche plus à ſe faire deviner qu'à ſe faire entendre, jamais le goût ſûr ; la ſaine philoſophie, la raiſon réfléchie ne s'aviliront au point, je ne dis pas de l'applaudir ; mais de la tolérer, même dans un diſcours profane.

Ah ! ce que, dans un diſcours profane, l'on croiroit déplacé, ne doit-il pas l'être encore davantage dans un diſcours chrétien ? Des ornemens frivoles pour repréſenter l'auguſte majeſté de la Religion ; quelle nouveauté ! La ſimplicité évangélique enveloppée dans le voile tranſparent de l'eſprit ſubtiliſé avec art ; quelle difformité ! Des maximes ſévères, énoncées dans un ſtyle dont la légéreté a tout le ſaillant de l'épigramme ; quelle indécence ! Des vérités lumineuſes, rendues dans un jour tellement imperceptible qu'on n'y démêle que l'ambiguité d'une énygme ; quel ſcandale !

Parloit-il ainſi , ce maître conſommé de l'éloquence
chrétienne , dont la voix puiſſante ſembloit rendre la vie
aux morts qu'il célébroit , & les arracher à leurs tombeaux,
pour les faire trembler ſur les vérités terribles, qu'il ſavoit
placer juſques dans leurs éloges ? lui, dont les traits de
feu, la rapide véhémence , la raiſon profonde, les mâles
expreſſions , les penſées énergiques , les majeſtueuſes
images, les preuves fortes , attérantes, imprimoient dans
les eſprits la terreur des jugemens divins , confondoient
la vanité des idoles périſſables , & fixoient le trône de la
Religion ſur les débris de toutes les grandeurs humaines:
Bossuet.

Loin de lui la manie ingrate de plier ſa ſublime intelli-
gence à ces petiteſſes de l'art. Il dédaignoit ces fleurs
artiſtement arrangées par les mains du travail , il les
croyoit indignes du miniſtère auguſte qu'il exerçoit.

Ce miniſtère eſt autant deshonoré par les apprêts du
bel-eſprit , que par les écarts de l'imagination. Et par
quelle fatalité la contagion du bel-eſprit verſe-t-elle
aujourd'hui, juſques ſur la chaire de vérité , ſes malignes
influences ? on diroit qu'elle eſt devenue un titre aſſûré
pour accréditer quelques orateurs , dont la réputation
rapide , mais peu durable, ne ſert que trop à leur former
des imitateurs. Le ſpectacle de leurs ſuccès devient pour
de jeunes diſciples une tentation flatteuſe , qui , par les
mêmes voies, les conduit aux mêmes écueils. Les talens
les plus décidés , au lieu de ſe permettre ce noble eſſor,
fruits du génie, ſe concentrent dans le cercle étroit de
quelques paroles ſymétriſées , dont le faux éclat prouve

souvent que les efforts de l'esprit ne sont pas d'accord avec la solidité du jugement.

Comment un monde éclairé peut-il prodiguer ses éloges à ces corrupteurs perfides de la véritable éloquence ? Qu'il se souvienne que le siécle de Tibere suivit le siécle d'Auguste ; qu'alors Rome n'eut plus de Cicérons. Qu'il rapproche les tems, qu'il réfléchisse, & qu'il profite. Hélas ! nous sommes autorisés à craindre que, pour l'éloquence & les talens, la France chrétienne n'ait des traits de ressemblance avec Rome idolâtre.

Mais lorsque j'accuse le faux bel-esprit de préparer, par ses minucieux rafinemens, la dégradation sensible de l'éloquence chrétienne, je ne prétends pas en exclure les richesses d'une littérature également curieuse & instructive. Pourquoi seroit-il défendu aux orateurs sacrés de puiser dans les trésors de la littérature, l'élégance & les graces que peuvent avouer les austères vérités de la Religion ?

Le monde souhaite qu'au talent de l'instruire, on joigne le talent de lui plaire. La profondeur du savoir n'est pas toujours, dans l'éloquence de la chaire, un sûr garant du succès. Dépouillée des ornemens qui flattent & l'oreille & le goût, la science seule intéresse rarement ceux qu'elle étonne ; & le tableau de la Religion le mieux raisonné, lorsqu'il ne présente que des objets de spéculation, est presque toujours inutile pour la réformation des mœurs.

Qu'il paroisse dans la chaire de vérité un homme profondément enséveli dans le labyrinthe embarrassé des questions théologiques : qu'il charge l'éloquence sacrée de ces argumens épineux, de ces obfcures diftinctions, plus propres à gâter l'efprit, qu'à l'exercer : que dans fes arides difcours, la raifon froide , inanimée, fuive la marche monotone des fyllogifmes entaffés pour donner aux oracles divins toute la force d'une démonftration invincible : malgré la jufteffe des raifonnemens les plus perfuafifs, s'il ignore l'heureux fecret de placer avec choix des réflexions judicieufes , des maximes frappantes , des mouvemens ménagés, des portraits intéreffans , de grandes images, un feu rapide , un pathétique touchant , des fituations, des fentimens , des mœurs ; quels effets produiront fes difcours méthodiques, raifonnés ? ils imprimeront le refpect de la Religion, ils n'en perfuaderont pas la pratique : les préjugés de l'efprit pourront tomber, les vices du cœur fubfifteront ; & le miniftre fpéculatif, théologien , non orateur , fera toujours impuiffant contre la tyrannie des paffions.

Mais obfervez dans la même pofition , avec le même fonds de fcience, un orateur dont l'efprit feroit familiarifé avec les tours fublimes , les figures hardies, les expreffions pittorefques des orateurs Grecs & Romains : auquel le feu de la poëfie ait communiqué cette chaleur créatrice, qui donne des couleurs aux paroles, de l'ame aux penfées ; qui tantôt, comme un torrent impétueux , entraîne par la rapidité du ftyle , & tantôt , par une expreffion majef-tueufe , imite le paifible cours d'un fleuve tranquille : auquel l'hiftoire des Rois & des Empires foit un tableau toujours préfent pour y démêler , dans la fucceffion des couronnes, l'ordre immuable de la Providence ; dans

les

les révolutions des Etats , dans les viciſſitudes de la fortune, de la victoire, l'inſtabilité des choſes humaines ; dans les ruſes même , dans les écueils de la politique , la foibleſſe des reſſorts , que font jouer les mortels , pour aſsûrer leur puiſſance , leur félicité : riche d'un côté par ces immenſes reſſources, dont le génie fait profiter avec avantage ; de l'autre , armé des traits vainqueurs que lui fournit la Religion méditée, approfondie : qu'un orateur chrétien a d'aſcendant ſur les eſprits, ſur les cœurs ! S'il raiſonne, il perſuade. S'il inſtruit, il applique. S'il peint, il intéreſſe. S'il cenſure , il corrige. S'il foudroye , il confond. Toujours ſûr de plaire , aux talens s'il joint l'exemple , il charme, il touche , il triomphe... J'ai déſigné le héros de l'éloquence ſacrée. Puiſſe notre ſiécle voir ces héros ſe multiplier !

Mais les Fléchier , les Fénelon ſont des phénomènes oratoires qu'on admire, qu'on regrette, & qu'on déſeſpère preſque de voir revivre.

Formé dans l'école de la Religion , Fléchier paroît inſtruit , ſolide , perſuaſif. Doué de ce jugement admirable, qui diſcerne , au premier aſpect , ce qu'il ne faut qu'annoncer, & ce qu'il faut développer. Il ne dit que ce qu'il eſt eſſentiel de dire ; & partout où doit s'arrêter la réflexion , il s'arrête. Il repréſente les morts illuſtres tels qu'ils ont vêcu , tels qu'ils ont dû vivre. Il exalte leurs vertus, ſans diſſimuler leurs foibleſſes. Ses éloges ſont des inſtructions. Habile à rendre le caractère des Saints dont il célèbre la gloire, le mérite, il condamne le monde qui ſe fait un devoir d'honorer leur mémoire, & qui n'a pas

C

le courage de fuivre leurs exemples. Par quel attrait puiffant, Fléchier fait-il à la fois inftruire, toucher & plaire ? Par ce goût exquis qui joint la fcience de la Religion aux agrémens de la littérature. C'eft l'accord conftamment foûtenu de cette double opulence, qui forme de fes difcours enchanteurs un tiffu de vérités d'autant plus frappantes, que le langage des livres faints y reçoit un nouvel éclat & de l'harmonie la plus pompeufe, & des plus délicates penfées.

Jeune, mais éloquent, Fénelon s'élance dans la carrière évangélique. Son premier vol n'eft pas celui du timide aiglon. Il ofe s'élever dans les cieux ; & la terre furprife de la majefté avec laquelle il s'annonce, n'ofe prefque pas fe promettre que fon midi réponde à fon aurore. Quelle onction & quelle force ! quel feu & quelle réflexion ! Dans fes difcours font placés avec goût la foi, la raifon, l'efprit, le génie, la perfuafion, le fentiment. Comment Fénelon pofsède-t-il ce don fi rare d'allier le brillant du coloris, & la folidité de la doctrine ? Il prend foin d'ajouter la culture affidue des belles-lettres à l'étude conftante de la Religion. Sous fa plume, que dirige l'éloquence même, les richeffes, puifées jufques dans les fources profanes, deviennent, par l'ufage qu'il en fait, autant de richeffes facrées dont la vérité fe pare & s'embellit.

L'ufage de la littérature, Meffieurs, deviendroit un écueil pour l'éloquence chrétienne, s'il n'avoit pas fes règles & fes bornes. Uniquement acceffoire au triomphe de la religion, il doit toujours être fubordonné aux grandes preuves, que les orateurs employent pour conftater fa

divinité, expliquer ses enseignemens, annoncer ses défenses.
Le luxe des ornemens sert à décorer un palais ; il n'en est
pas la base. Aussi, n'ai-je point séparé ce qui ne doit pas
l'être. Souhaiter que l'orateur évangélique soit l'ami des
lettres, ce n'est point lui permettre de substituer, dans
la chaire de vérité, des discours académiques à des discours
chrétiens. Dans le ministère de la parole, on doit toujours
avoir pour objet sa véritable destination. La Religion ne
doit point disparoître dans un genre d'éloquence, dont
l'unique fin est de rendre la Religion respectable, de la faire
croire, d'en persuader la pratique, d'en inspirer l'amour.

En vain la voix publique couronnera par ses suffrages,
par ses applaudissemens, des apôtres prétendus, qui ne font
retentir les saints autels que de leurs accens profanes ; qui
bornent aux graces de l'élocution, aux agrémens du stile,
aux saillies de l'imagination, aux réflexions de la philo-
sophie, aux fleurs de la littérature, les éloquentes, mais
stériles productions de leur zèle. Ils auront le talent de
plaire, d'intéresser : ils n'auront pas celui d'instruire, de
corriger. Ils pourront charmer, étonner : ils ne sauront
pas convaincre, toucher. Ils entendront le murmure
confus des acclamations prodiguées à la singularité de
leurs talens : ils ne recueilleront pas les larmes précieuses
du repentir, qui seules honorent un discours chrétien,
parce que seules elles en font le véritable succès. L'art
de bien écrire n'est point l'art de bien prêcher. Un trait
frappant de christianisme fait quelquefois pardonner une
négligence échappée d'expression ; mais l'expression la
plus exacte, la plus châtiée ne supplée jamais à l'absence de

la Religion, dans des difcours deftinés à la défendre. Etre éloquent , fans être chrétien , c'eft changer l'efprit de l'éloquence facrée ; c'eft en profaner l'ufage.

Telle étoit la folide manière de penfer de cet orateur fublime, véhément ; elevé d'abord dans le fanctuaire des mufes, familiarifé avec toutes les richeffes de la littérature, qui, par fes poëfies dignes de Virgile, d'Horace & d'Ovide, mérita d'avoir le grand Corneille pour traducteur ; qui, prépofé pour former à tous les genres d'éloquence la jeuneffe confiée à fes foins , lui donna tout-à-la-fois & les préceptes les plus fages , & les plus brillans exemples : La Ruë s'arrache à la pouffière éblouiffante de la rhéto-rique , pour femer dans la carrière épineufe de l'apoftolat des fleurs que la maturité de la raifon a changées en fruits. Cette tournure vive, ces images parlantes , ces ingénieufes couleurs , ces expreffions élégantes , ce ftyle ferme & nerveux que lui donna l'éloquence profane , il les introduit dans l'éloquence facrée , pour la rendre plus lumineufe dans les principes, plus forte dans les raifonnemens, plus intéreffante dans les tableaux, plus rapide dans les mou-vemens. Il donne à la Religion cette parure décente , qui lui conferve fon ancienne majefté, & lui prête de nouveaux charmes. Le littérateur écrit, le philofophe raifonne , le théologien perfuade, l'apôtre foudroye ; & l'orateur le plus éloquent eft toujours l'orateur le plus chrétien.

Quand les hommes qui fe confacrent à l'éloquence chrétienne , fuivront la route que leur ont tracée les Bourdaloue, les Maffillon, les Boffuet, les Fléchier, les Fénelon , les la Ruë, ils fe renfermeront dans les vrais principes de la chaire ; & ce fera toujours injuftement qu'ils feront accufés d'abufer de leurs talens , pour ne montrer qu'*une ftérile abondance de mots , un vain étalage* ou *de raifonnemens fans objet* , ou *de fentimens fans force.* Noblement jaloux d'atteindre à la perfection des grands modéles , ils donneront un nouveau jour à des vérités anciennes. Ils fe créeront un genre d'éloquence afforti à leur génie. Ils imiteront fans copier ; & , fous leur pinceau délicat , l'imitation même aura le mérite de la nouveauté. Les fecours qu'ils emprunteront de l'art , feront cachés avec cette dextérité de l'art-même , qui fe dérobe aux regards des juges les plus éclairés. L'efprit n'affectera pas les prétentions de l'efprit. Il paroîtra toujours placé , parce qu'il n'aura pas la vanité de vouloir le paroître. La Religion recevra de la littérature les ornemens , les graces qui captiveront l'attention la plus volage ; l'homme de lettres ôtera , par des traits ingénieux , aux préceptes leur féchereffe , aux raifonnemens leur monotonie ; mais il confervera refpectueufement à la Religion toute fa force , toute fon autorité. La fcience , le zèle , la vertu , diftingueront les orateurs chrétiens. On ceffera de fe plaindre que l'éloquence facrée touche au moment de fa décadence. Et nos neveux , qui fixeront au règne de STANISLAS l'époque où commença de briller une Société Académique , qui réunit tous les genres de génie , diront peut-être auffi que ce Monarque , par fes lumiéres , par fes confeils , n'a pas dédaigné de former des Apôtres , dignes de l'avoir pour admirateur , tandis qu'il s'attire lui-même l'admiration de l'Univers.